Me gustan los libros

ANTHONY BROWNE

LOS ESPECIALES DE

A la orilla del viento

FONDO DE CULTURA ECONÓMICA
MÉXICO

Me gustan los libros,

los libros chistosos

y los de espantos.

Los cuentos de hadas

y las rimas.

Las historietas

y los cuadernos para colorear.

Los libros gordos

y los libros delgados.

Los libros de dinosaurios

y los de monstruos.

Me gustan los libros de números

y los libros de letras.

Los libros sobre el espacio

y los libros de piratas.

Los libros de canciones

y los libros extraños.

Sí, de veras me gustan mucho los libros.